山人蔡羽 著

出宿五首

北風吹枯桑虞人正投兎愴惶問車徒童僕畏前路
吹拂長劒霜提携玉琴素回首見家室欲行且反步
交歌驪駒曲横涕忽如注游子發南州青楊未全露
問我幾時歸垂條容易暮適志須當時長勤亦良苦
楊雄已衰晚耻獻河東賦停酒仰飛鴻驊騮暫時駐
江上見女衣茹藘好顔色原上春草肥官奴放犢特
江南佳麗辰游子離鄉國撫絃一何悲復見歸翔翼
人情不相侔謂我不家食頭髮已種種何心戀官職
顧惟君臣義不仕胡可得酹酒別鄉里老大復努力

芄蘭未舒節駕言發南州桂楫且復停行人心綢繆
長偈日彫敝歲晚吾何求嗟此計期促强赴京國遊
金門多桃李三月花未休東閣猒白頭諒予誰見收
貧嗟榮華落醜市粉累蠢莫作宛轉啼覥此媒理儔
念彼飯牛子長歌夜悠悠聽者一何遠歌者但結憂
雄虹尚蜿蜿素月猶未出馬蹄踐霜雪塵沙獸毛獝
遊子輕千里離家太倉卒甲晨吾出門今晨幾逢乙
疇昔懷區區擬向重華述孤蹤屢見擠中道常相失
含焉猶柄鑿用焉等膠漆嗟哉相逢難何以解壹鬱
芙容出江沱無由近紅日將此曝背誠翁翁復怵怵
溅溅雙鴛鴦穿飛不離翅提提歸遼雁雲中自相媚
使君何鞅掌故鄉勿輕棄集交北城橋晨傳參差吹

桃客舟中月逝諆逵旦醉清樽湛吴水持子臨别觶他鄉非我鄉雖好寧相忘及我旅力在為王經四方

採桑女

春桑方遠揚姜女在中林朝筐未及盈黄鳥忽好音玉顏易遲暮青春緘怨深余髪一何曲冀子或同心子心不余亮日月空照臨嗟嗟孟姜操歲歲此桑陰

楊弘之期石湖不赴

禪林芳草茁擬向石房深湖上虚鳴榜城南不抱琹緑蘿成獨往黄鳥有餘音想像王摩詰燃香坐竹陰

淮陰小西湖

湖光浥浥柳低低淮南春在夾城西行人欲發迷芳草可是黄鸝著意啼

同衡山文子師古弟步吕梁岸

雲際黄河春色來旗邊白鳥下平臺天桃過節花何晚危笛離家曲轉哀野戍荒凉埋緑草豊碑欲讀多蒼苔伏劍東風鼙鼓促關門月出好𨡎杯

三月十三清明日宿徐州

黄樓不見望空懸花鳥猶依北去船泗上河流三道合彭城月色九分圓霸圖寂寞空歌楚舊俗流傳尚禁烟萬里關山歸雁疾停杯何處暮春天

百步洪

夜越彭門阻晨停秦娘渡飛濤薄青穹蛟龍一何怒兩崖屈回盤戈矛日相距鼉鼉河車高魚吹雪山至客子驚風波篙師絶洄泝進努忘艱危回眄生憂懼

沛縣

緬邈泗上亭空思大風歌帝鄉白雲興壯士感激多
濁河何縱橫禹迹奄滅磨西陵餘佳氣東山鬱嵯峨
舟徒緣陰壖陵子遵卷阿相逢話辛勤日暮投干戈

魯橋

東蒙方峩峩洙泗亦沮沮偃梗舟不前時昏未即處
春過花不舒旅憂易成緒思嘗齊人羨不見楚郊雨
朝素夕成緇揚沙疾於弩鷄聲一何惡有客中夜舞

宿任城

孤城下春明勞人夕征息徒中傷春逝屬酒聊以適
須臾圓景臨餘英飛當席南冠已繾綣檐簦日未釋
昔慕魯連義今寡淮陰客浮沉馬策間勿令津吏識

過鉅野

河南多洑流汶濟隱不見大野何年枯猶存古封縣
青州昔豪士田宗崇義彥東依恃廣固西驅達堯甸
嗟哉世途回不特桑田變逗艫安所需旦作晡未宴

寺前閘觀南旺湖

草色連河濟船頭入古溪湖分鉅野角柳暗寺前隄
碧藻香魚樂青山疊馬嘶圓沙與長浦處處鳥飛低

濟南書懷二十首

客裡驚春盡芳心病起餘柳花初藉岸水荇煖生魚
未識齊南路將詢汶上居青山滿關塞何事獨驅驢
毛褐春深重邊愁不自勝晴雲麥秀隴高岸水流氷
禱雨神無力狂風歲可憎孤亭一以眺塵土轉難憑

懸想青州樂俄聞麥價喧經春乏膏雨過岸仰沙痕
無酒虛邀月尋花空入村天長休問路鼙鼓斷征魂
蓬窻春酌洞石瀨夜牽遲河斷仙槎杳天清斗柄移
關山動筋骨塵土滌須眉短髮慙隨計元無狗監知
寺前花拂拂隄上竹紆紆小艇天邊路斜陽何處湖
歌中渡溪女鏡裏落霜皃已向關門醉狂來欲棄繻
臨河看雁盡過魯已春殘太嶽分杯色東泉洗劍瘢
花乾山雨少馬脊草根卂今夜關山月携琴聽客彈
春星連北極塵土堷山東水涸鮭魚死時艱杼軸空
老兵兼斷甲俠客負交弓沙急常蒙釜晨炊苦黑風
任城兵衛肅石佛教壇尊白旆團花戍黄金榜寺門
愁聞車出谷遠愛鴨浮村久旱東泉溢空餘望水痕

鷽啼魯岸柳鴈發高平花鼓促城頭日河流天際霞
來乘春漲穩去傍酒旗斜宛似江南路行人正憶家
緑烟空海岱芳草接 神京月落開河驛花香夾馬
營關鷄催客曙汀鼓報官程雨後雲沙碧舟行弄槳
輕
雞犬村頻到關山路摠新城春鶯送客溪晚月留人
倦矣衣成結悠然酒獨親風烟天際濶吟具紫綸巾
三月繁霜落齊州氣候偏不知花未發錯恨月空圓
小米香飛盞垂楊短拂韉晚山看更緑醉後露華巔
璧月遥持酒丹霞近送舩空聞關塞笛不散柳條烟
投宿思前路離鄉憶去年高雲屯石壁應有戍人眠
道曝思嘉樹河枯值美泉春菘初綻錦蕪菜正採錢

久信方輿異聊從景物憐闢門望不極孤墅一迴遭
過雨塵沙息川平卧泛槎殘雲到白閣新月送紅車
翠愛東阿柳香思穀雨茶雁聲臨塞急斗酒興無涯
挑燈數殘漏開劍拂星芒片月臨關白哀笳語夜長
短亭荒樹合孤戍野棠香鷗鳥忘機久時來入短航
節物關羈思琹書重客囊梨花常怨別桑柘亦愁悵
上美傳瓜果林香近蜜房闢門無令尹此去恣翺翔
宛似乘槎使虛懷繫馬心嶧陽桐已爨雷澤磬無音
水翠牽衣帶山花濕鬢簪鄉心一夜切悵望盡飛禽
拜將壇曾築招賢館舊開虛名慙處士
聖代用真才流落甘頭白飛騰已志灰楊雄雖賦拙
無夢到　雲臺

晴川澄碧野雲石動高城鷺浴穿萍疾鷗行踏浪輕
無花過穀雨有柳記清明懷抱全疏闊多沽濁酒傾

東昌郡光嶽樓

博州城高日未落城中巍巍千尺閣南瞰黃河北眺
燕百川羅絡臨中原風烟頃刻生杯酒登臨令我心
茫然手中雌雄劍隨行二千里踟躕古今事欲舞客
不喜秦雲忽然低岱宗參差起平望箕斗間好與牽
牛語魯連下聊城千秋仰名義高臺尚青青未識射
書地鄆州節度何不臣銀槍效節空危身
聖明一統無戰爭緣河輓粟舟鱗鱗城門不用玄甲
守河邊古戍花蓁蓁馬驅匼匝嘶入雲鳥穿簾箔啼
向人芙蓉屏開宿翡翠沉香火底薰麒麟昇平自古

同人安落角閣宿舉汀杏火夜葉興轉早平白古
汴河渡山成依素身亂面斷人事急變蕭治濟
里明一發無職男緣河轉粟川赫轉城門不用之甲
君地明州治妻何不臣緣僧故萬空亡身
千音會連下所與下秋所名義高室尚青木波射
不吉禾書忽然依古參差起平望其年間好與獐
汴水千中明劍隨行三千里論國左人事欲舉客
鄰百川灘洛語中京風國頭知生林酒客臨今夜水
清洲城高日本落城中藝千里入閣南城黃河古跳

東昌府光岳樓

無行過數雨有聲亂清明南北金陳關多古酒須
將川落晉野聖石動高城繡谷空芳樹臨行林水平
[illegible]

無夢宿　王寧

聖代何真一木落日頭白飛騰已志天將車遲隔出
年來將擬宿簪谷舍着問處名遠度上
木來在本帶山花濃霞着滿心一夜如張早畫飛會
究欲來林塵虛寺心聲關同心憂雷澤善無古
上美人果林香寒宿開門通今年此去旅樽翔
尚海閣鳥歸雲客深常忽別家指市執樵
短亭芳樹合承文理萊香臨台瀨又乳來人咳鳴
桃溪數發高開漁浦翠千月臨關自京來部語夜長
翠發東閣香更叙由木淮華臨秦急十酒興無涯
過雨塵沙息川平日及寞雲回白閣新月送車
入宦方輿與仰從容亦滿門望不極兩里一迴遲

繁繁華青楼大道歌聲新臨觴欲飲天色晚蹔閑佇
立傷吾神

臨清大寧寺卧佛閣

乾坤茫茫混燕越特設重關作喉舌清泉繞綺十萬
家環帶河山勢雄傑滔滔河水雜車聲點點青山霧
明滅闌干虛無萬木杪天涯遠卒殘春節踈踈碧雨
濕林光欵欵東風弄簷鐵佛座寒生薝蔔香珠簾畫
捲楊花雪牽牛斜來入綱戶游絲飛去罣藻梲回頭
不覺浮雲低仰面渾驚太虛切本擬乘春朝太清踏
花紫陌覩昇平佳期忽負三青鳥銀漢空瞻五鳳城
黃金臺上吾無慕白蓮花前閑有情紅塵憔悴千金
裘翻愛袈裟竹下輕東西南北何時已一坐蒲團却
倦行

武城次文溫州韻答徵仲二首

殘春桑柘綠積雨暗汀洲白鳥銜帆起黃河入郭流
舉頭惟見浪伸足未宜舟生柰更深鼓鼕鼕出縣樓
柳市聞黃鳥雲中見碧城春回桑柘美人問縣官名
古戍數星淡危樓一角鳴愁兼風共雨白髮幾莖生

冬夜王子元肅沈子明卿話余館中

漏點重城酒細斟天涯何處得鄉音江邊燈火三人
影雪後沙鴻萬里心蝴蝶悠揚空復夢槁梧憔悴不
須吟文章豈是無知已自笑楊雄意未深

懷華子從龍

花燈承露賞星館憶春游雁斷天邊驛山虛閣上秋

花燈永靈響皇館憶春遊隔灣大寧寺山遊閣上次

陳進士從庸

河今文章豈是無知己白吳指雄意未深梓不
影雲後沙鷗萬里心蜘蛛塔空復港何檣
滿鵲重城酒納料天涯何處浮鄉言江途燈火三入

又夜王子元帥沈于明卿話余館中

古戍數星淡虎樓一角鳴笳兼風共雨白晨幾盛生
柳市間黃鳥雲中見未城春回柔枝美人陌縣官名
舉頭惟見浪中星木宜舟生菜鬼深鼓鼙數出舉樂
淡春桑柘綠稍雨暗汀洲白鳥衡前起黃河入郭流

造城夫文溫州韻答徐仲二首

懷行

長蒲受霜柴竹下經來西南北何時已一半蒲團坐
黃金臺上百年無幕白蓮花所有情紅塵燈前千金
花影酒觀雲升主期忽見三十古名鐘漢空將王鳳城
不覺浮雲依仰西渡驚人大虛切本境來春朝太清宿
塔樹花雲牽斗來入網戶滿添飛去畢叢抗回頭
還林光效東風手蓋鐵傍庭上來萬香味露雲畫
明城開干虛無尚木天涯靈卒徵奇佛珠曾雨
家環帶河山勢雄保酒河水雜車聲點青山露
乾坤洪浪樵村設重開作成古清泉流滿十萬

臨清人子卧佛閣

立倍西神

鐘象華青山人道歌華新臨齊敬天寧禪寺閣今

新詩綉字至舊恨緑蘋愁何日江楓晚炊菰解臂鈎

別甘泉老先生

皎皎萬古月寶景無盈虧不掃青天霾晦盲將待誰
天人豈二心名教自昔垂我公挺完秀崛起持綱維
憫世方惻惻錫類恒熹熹物我本一同同歸復何疑
戚戚復欣欣春至草木知彼衆嗟巳惑詆毀庸何爲
蕩蕩光明途反背求捷岐粲粲甫田穀顧矜稗秕飢
甕底醯雞天嗤笑鵷鸞卑天啓誰能廢水歸非力追
嗟予放失久日暮返顧遲宮墻一何高宗廟未易窺
南山有基田毖陳離別辭道駕諭南指歲月雲嶠期

玉河橋曉行

太液新波出建章轆轤聲苙近想 宮墻殘星拂樹天
橋爭隔岸帘鸎碧蘂長紫氣凝香開北極蒼龍乘日
起東方

君王垂拱臨朝早銀燭光中散鷺鳶行

慶壽僧房集蔣子子雲薛子君采文子徵
仲王子直夫分偏字

幽境停驂偶禪房曳屧偏苑西花雨夜河北麥秋天
岸幘陪揮麈携燈照促筵月光松際動臨發更留連

錢太常元抑官舍

相逢兩度入松筠動輒談詩到夕曛衙鼓不驚官樹
鳥禁鍾時度苑墻雲香浮盎齊花前酒羹剪銀絲雨
後芹道義似君殊可愛不須炎熱日紛紛

王進士直夫僧房見招

曈曨旭日照樓臺　輦道今朝不動灰玉樹青葱迴
上苑宮雲輕薄擁蓬萊麥秋戰暑添筒布櫻笋籠香
近酒杯禪榻王陽頻有約不妨騎馬踏蒼苔

海印寺鏡光閣

滄洲佳氣結樓臺圓嶠何年海上來雲裏虛無瓊館
秀日邊浮動禁林開巖深四月花猶發客倦高春馬
未回許借藤床眠十日長安不信有塵埃

贈盧進士師陳

相逢鳳闕下紫陌正花明已許身酬
主空於鄉有情曉鵷朝　玉几夜氣望金莖余亦調
宮呂煩君奏太清

南旺湖

關津小吏能鳴鼓楓葉猶懸落照紅忽得雲山驚汝
上將隨鷗鳥問湖東碧江搖月眼如洗青蘋疊浪天
無窮荷花正香菰米黑錢塘風景得無同

王内翰繩武失馬作詩道意

肯信龍媒出渥洼掉雲雙耳竹批斜晨朝久踏金門
月曲宴曾銜御苑花蹴雪不堪淹皂櫪追風忽自到
天涯他年霄漢回頭處應戀青槐學士家

贈文選薛子

美人跂予久邂逅在京國詎意省郎門得御李生軾
初訝玉壺氷復羨青霞色終然混圭角漢落不能即
青春已遲暮世路何偪側矯矯鳴鳳群有鳥獨垂翼
停車緑桑下延望白日黑含情俱未陳一飯三歎息

行觴天河斜編詩燭光豕兼葭倚白玉發赧首重抑
遭逢莫尤時雲泥不同術擊壤耕荛田無由報帝德
夙夜元凱間辛勤爲衮職出處雖不同願言各努力
　廷試日左掖門即事
瑶砌文階映綺疏直廬東下步紆徐天高懸圃猶傳
漏香過重樓亦墮裾禁樹餘花晴結綺日華浮藻暖
生魚也知
明主憐才久誰爲相如奏子虛
　禮部引奏中式貢士一千二百二名
九重宣拜徹鴻臚表裏威儀肅
帝圖日閃朱旗香鬱律雲依芝蓋曉糢糊池邊禁籞
分金字花外仙班散玉皁白首不知文學賤也將名

姓仗前呼
　公寮避暑同凌練溪莫惟誠袁邦正
傳舍非吾舍來遊莫問渠幽期欣得友懶性不妨余
草細香薰檝槐疎緑墮裾川光泛仙宇颯然雲閣虛
　送孫贑州
太守除書下鳳樓官船六月到江頭匡廬樹色渾無
暑章水雲衢欲近秋良牧正須宣德化封疆猶自仗
邊籌虔州見說田疇美從此黎民不佩牛
　引奏後即事十首
中使迎軒簇彩旃千官猶在玉河邊香烟未散龍輈
起今日
君王御講筵

𥜸樹花間金鳳翹紅鞍綠轡馬頭驕當朝戚里多豪
貴惟有何郎早插貂
天王不用擊毬坊繡禁清巖百草香都人更勿憂巡
幸但聽雲中駕鳳凰
溫泉花木四時開閣道笙歌霄漢廻萬歲千秋常有
道內家真樂勝蓬萊
千門花柳轉楓宸百和香中過輦塵銀箭忽從天上
落六宮仙子聽時辰
林開鵁鶄綠烟銷月掛珊瑚樹影高閬苑風清仙曲
妙西王連日進蟠桃
珠簾綠額紫葳蕤小鳳頭軒花下移長信宮前宣使
急平陽促馬赴瑤池

金華筵罷退從容小仗穿花聽午鐘五色傘中黃帕
羃太官初進紫駝峰
金水荷花接綺軒石渠銀鑰掌中闢西崑學士封麻
晚斜日猶開左闕門
碧鷄朱鷺羽毛鮮小殿芙蓉貼水圓昨夜百花風信
急御溝新藻有紅泉

郊壇

輦道風清碧野平紫烟常自鎖南城　行宮歲幸乘
龍近仙侶朝來學鳳鳴小殿沉香金氣鬱圓丘芳草
玉華清祠官記得
天行處萬燭光中侯珮聲

五日白河道中

五日白河道中

天衍藏墓酒光中夜漏聲

玉輦清祠宮盡啓

龍近仙伯朝來學鳳鳴小殿汀杏金書讀圓丘先草

輦道風清碧野平蕭因宮自鑾南城　行宮旋季東

登圖

御輦新藻有紀泉

鳥聲本鷺羽毛鮮小殿芙蓉點木圓果夜白花風信

晚紅日酒開左闕門

金水荷花接御軒石渠銀鑰掌中閣西崑學士持麻

鑾太宮名進翠異峯

金華荷麗御從容小伏字花陽外迎王母金中蕭靜

下榮書壽考　　十一

為平陽武馬其騎遊

珠藤綠滿涼嵐和小鳳頭中花下發長信宮前宣使

過西王連日進蟠桃

林間鵲語綠陰月明佳人中高閣梵風清仙曲

落六宮仙掀轉風寶百和香中過輦聲金龍天上

千門內家樂勝來

溫泉花木四時開閑道笙歌雲漢迴瑞成千秋常有

幸恒聽雲中鸞鳳鳴

天王不用擊林苗其清歲百草春新入更多霞近

貴通布何原早拂紹

端樹花開金鳳鈕半散綠轉馬頭鳴當宮原里多高象

煙流蘆水桑乾近雲蜜西山紫塞長白鳥下林沙戍隱檣花夾岸酒船香步提雄劍矜懷壯坐吳南冠咲客狂正是黄金臺畔路重聞羌笛起悽凉

早興五首

梳頭對螢火啓戸望牽牛曙色金壺促林光白霧收
西池隣桂殿東阜盡蘭丘把轡不能發凉風颯素裘
荷澤花頻摘銀床葉漸稀月中來白鴈水上候丹扉
騎轉應千硼車鳴想近畿南山霽色動霞影曉飛飛
鼓徹晨鴉起風來赤羽斜星猶臨玉舘虹欲度金沙
燈與月同色霜凝劒有花閽門未蓐食夢裏發京華
鷄聲促客夜河漢近牀時乍舞星如雪長悲朱染絲
酒香花發早稻熟鴈來遲不去家人怨金門再别離

朝曦迎紺宇秋水泛金塘綺花街岸轉珍木映林香暫宿宜鷗鷺東歸問稻糧相看三尺劒勤拂九秋霜

還讀堂（讀山海經云時還讀我書和何司空韻）

慎俾法程促寧令閒簡踈詎意三台座别側高士廬巖遁子雲閣雲護天禄書朝衣拂紫澗竹下迎脂車雅情忘鍾鼎道味遯寒蔬緣知布素徒得與華簪俱惟然對江山適意日史圖復見羲皇人千載同晏如晨興城隅爽晩甜林植踈青山如有情展轉親子廬須會千秋意獨坐一卷書麻桑緣徑深出入多迴車有客問田舍具飯雜野蔬黄髮欣過從童稚亦偶俱長松落音軌渺渺良難圖晏晏陶子眞意極將焉如

神樂觀

神樂觀

春深落音飛迎峴雖圖要是東門十里嘉祐寺品之

有客同時會合其餘迎歸路淀黃靈嵐所過從道推亦偏頃

賀會千秋大貴獨步一春壽亦來彖塑深出人多迴車

晨興湖光飲饒柳林前東寺山如有情風轉歸千騎

指點湖江山通首日夕閒後見豪望人十載同安邱

維情台錦此道未無實濃緒知吏去大霍與平等道

感通于寶間雲旅天樟書明林嫌某竭竹下平皓車

直到法程從實人聞萬株莊意三十座別開高士廬

還讀堂 早起讀書

芳時宜圖登東歸同行來稱霜相看三尺有劍斯神九秋福

明儀宜胡字秋水文金堂新光論棋轉珍木映林香

酒香花發早漁燕雁來遲千古深入然金門下斜詔離

鶴舞風從谷夜河漢近林時戶舞迎如雲長悲未來縣

燈與月同鳴雲成深未初紹竹花間門木鴉貪慶書萊發京華

鼓聲傳遠聽十里來相迎燈影尋山鐘南山霽色曉後傳聲飛沙

行客漸化繁陳軒開隨鳴非斷稀月中白山鳩鳥木飛霜

西湖池畔樓台撥箏上苗花知不能下木風散素來

梳頭對鏡火光在三千樓台金壺殘林光白露水

早興五首

客裡正是黃金臺畔落日開笑詩燕樓涼

隱猶花外千酒人香未提林劍琴陳出生是南冠歎

漫流蘆木綠乾近雲看西山紫黑長白鳥下林沙波

天門王氣浮華盖輦道松楸接近郊鏡裏白雲生石室朝來雕騎集林梢仙家弄笛閒招鶴醴井流氷渴觧匏落景不須催過客將書思卧碧筠巢

春日繫溪口十四首

伏劒欲登車明月在高柳本是五陵人對酒仍搔首

雲出屏間峰月挂潭底樹今夕歡未央何時復相聚

夜醉一潭月朝牽百丈花蒼茫從此去離恨滿雲沙

莫怪疏絃怨花枝當酒新今夜閨中月明朝岐路人

水緑暮烟紫玉人酣未歸傷心石上月花影滿簑衣

誰家孤鳳管吹向碧雲間不是洮西路何煩訴玉關

烟嶼浮空動山花拂水開放歌雙桂棹渾似鏡中來

浦静舒白練林香欝紫霞春茄一夜怨吹動玉山茶

月自憐人去花難待客回絲絲雙短髩不爲曉猨催

愛此拂面花玩弄水心月客有千里程盡爾一樽發

鴻爪經霜雪音書久寂寥故人須少待正月渡春潮

江南别離苦不獨柳條緑忽聞春禽聲嚶嚶出幽谷

落日古陵道傷心芳草烟桃花夾錦浪擬泛石城船

水鳥白雪衣去拂酒筵低回翔不忍别送客秣陵西

天界寺

秋晨慕虚覽梵宇謝埃欝前壟未及踰中林庶歘述入門躡颼飀循隩多扃鐍紫院陰霞輿瑶階錦苔出問栢知僧年藉花蔭佛日晝憇夕忘返神恬形寡役懺往坐獨寘玩空塵徐拂終之寓豈不歡旋輿未能釋

林屋集卷之十

山人　蔡羽　著

懷王許州直夫

憶昔金門月禪房獨夜深吟沾花館露宿共白雲衾
度洛風何遠傳書雁轉沉九秋江上葉爲予一停琹

陳督經洪都政府邸納凉

公寮敞雲霧華構承俊賢茲景屬炎燠廣坻生焦烟
赫曦何霍霍四術如蝮然禱祠神無應稼穀火出田
積廬絕埃鬱廣厦當地偏瓌瓏間松楸阿窓出檻泉
疾飈歷無長鳥韻踰竹圓良時克脩政宴暇無拘攣
推事文章狎座雜金玉絃虛明開四門洞悟徹九淵
飄飄形勢輕漠漠談塵玄杯行清如沐終慙神慮縣

送沈元材作縣桐廬

符分萬家邑道挂長官旌雲署花邊到江船竹裏迎
賢能推學力辛苦建時名乆念南游路因君儗赤城

聽笛四首

山樓梅雨歇玉笛起高城此去江關近愁聞折柳聲
悽悽閨裏怨字字玉關長同是他鄉客何人不斷腸
此曲爲誰訴恩多恨亦多機中有錦字爲爾一停梭
雙咲復孤唳聲從青漢流無端明月夜不寐起閒愁

丁亥牡丹燕漠菴弟紹卿甥孚徵壻禮兒侍

怪爾鉛華富仍兼錦繡明悵霞香朶朶盤露曉盈盈
曾是茂陵客如聞帝里鶯故園今日賞不盡五年情

盧職方過孤園不值

念幽廻鵠駕選勝向林丘水入桑經品山曾謝屐遊
夏牀香磵雪秋纜白蘋州空谷嗟無士長裾枉見羞

贈高子

一門蘭玉盡芬芳江北江南想望長倉卒白門秋色
晩爲君親解紫羅囊

餞孔周席上話文衡山王履吉金元賓

契濶多憂思歡然集桑梓執手念離别别離何年始
校書石渠閣反顧若跳屣繫馬親昵門台尊城東里
欵曲輸素懷次第問髮齒錦悉未及彈怨歌中觴起
怨歌何所陳怨此夢寐人出門即天涯慌惚難常親

送高司封公次守寧波

聞道無情能寡欲也因忠信自悠猜文章久借仙曹
隱功業還推望郡才座湧碧山勞拄笏霞連瑶海好
登臺天台有約經過近許我瀛戕隔歲來

送張仲先還呉

新陽上東門朝雉已三雊車馬三五行顧慕屢回眶
春花非不嘉未若秋穀壽大道將無容焉能事嫵構
慎乎温麗資瑚璉當大售努力風霜道先子謝鄉舊

蔣子雲由河南改守南寧道經呉門不遇

有感二首

曾話禪房夜常懸鞏洛心烟花萬里隔關塞北風陰
果取長沙忌寧辭合浦吟烏蠻歸正久絶徼奉華音
三秋何太濶一見却無緣已作鑑湖夢虛瞻謝客船

文章映南斗花鳥雜蠻烟總到啼猿處徵書不隔年

別言

舊怨一何多新懽詎能迄嗟哉瑶華草前身是何物長松留我眠片石爲君拂得酒醉復醒南山正蒼蔚明日隔湘江此意難紡髴

豐考功携遊清凉寺

高臺四望烟初合八月潮生海未平錦繡山河鏡裏見金銀城闕霧中明嵒迴白鳥晴偏好桂落丹花晚更清貝葉未窮紅燭起仙曹遊詠有高情

送顧司勲

晨裝駕言邁逝將趨承明朔方豈不寒服欵心營營遊子悲黄落烈士離别輕煌煌念朝列疇昔馳聲名

山纂集遐祝尺五朝穆清冬籥司凝寒屨霜遊天坰出入河濟間動狥萬里程惓惓加飧飯庶以慰友生

别華泉邊公

梁甫嵯峨二十年三秋得展琴除前詩壇玉麈聽餘論山寺華旃亦寵縣座接

奎台心愈下風高燕許趣無邊子雲寂寞歸樵近欲借奚囊海上綸

袁尚之山房見過

晨光攬清曠曳舄雲際房顧慕一何遐今日執子裳子裳不易執况復在他鄉跂彼踈峰秀褭此泉谷香勿訝盤飧罷舒嘯道味長動子石上塵令予毛孔凉好鳥知人意相唤無時忘如何告别促重予羈旅傷

徙幕府同仲先

府邸開平臺松軒轉蔓綠四術多朱光閒房靜相屬
余業倏朝依子懷喜夕篤深居君無人閱暑不知酷
晚葵敷餘霞新蓮摘青玉風清客襟開月來琴柱促
寂寂方丈間超然出塵俗長令形迹忘奚用事溪谷

哀金生果

假借一何早夙養亦不薄十齡見趨向未冠起頭角
摳衣懷區區受篋氣沃沃繁華遭飄風圓景夕以霖
儻得楊光輝造化不汝侵揚輝不足道諸姑誰與弔
往者不復旋來者方懷抱

許子仁佐至館

搖落城郭虛寒飈匿光景余倦喜子來相對兩人影

中年惡契濶聚會常俄頃執手不及言欲言情屢梗
快意及當年揚名在佳境萬里當橫行何湏論鄉井
晨裝苦跼促風波倏凉冷盡此一杯酒天長難引領

送沈子汝淵春試

邂逅無宿因握手訏平素顧念京華春坐子隴頭樹
藹藹道塵香時時動天趣十載鄙吝懷欣兹一開悟
比屋涉冬春辛勤詎能具行行獻納期匆匆敢私顧
際會在片言時哉不須固黃河雪作泥願言勿輕渡
遲遲魏州城春光凝回晌臨岐乏話言徒諷楊園句
白首滯周南分離豈不惧碩惟君學行何湏論相聚

送莫子惟誠還安吉

秣陵城高木下急東方客發蒹葭霜相逢恨晚青袍

短送別愁多白髮長問路太湖知樯緑寄書南郡憶桑資父遊歸盡不歸去豈是移家無故鄉

聞立蘇舜澤遺愛碑

偏訝張公笑繭禾不須潘令教栽花若無奇跡驚當路何事歡聲動萬家烏府旻勳新抗疏碧山題咏舊龍紗賢侯遺愛誠難巳誰謂吳人賦木瓜

別蔣子卿實

同作京華客頻聞講義深蘭應知楚味琹未識羲音坐處雲生麈吟時月墮襟梅花枝上雪別後見君心

寄胡子用夫

不睹談玄麈空聞奏賦期鴈沉天畔影梅負雪前枝春酒沾天宴宫鶯想鳳池遥知汾水上能綴柏梁詞

贈隨時余子

衡陽雖云邁想見太古色楚蘭經氷霜臭味轉相逼道軌一何高欲步不能得黃髮非見遺徘徊似有值東封豈無情侍從付令息蒲輪亦安之終然表者德

送黃子勉之

清遊在京邑歲晏同徘徊停橈盧龍潮舒嘯翠鳳臺落日碧江上黃屋烟際來心空萬化侔理到玄境開緬瞻金門月皎潔常無埃行行擬後會令節勿暫燋

懷朱繼之

話別停驂久都門月色蒼空懸千里夢動隔兩秋霜志學懷誠美忘家趣更長碧槐私第靜人羡硯池香

振衣臺壽徐子仁

上國山河麗金城草樹秋高臺飛霧棟別館隱花洲
鴈度鶯絃管虹垂促酒籌登臨吾未晚半醉豁雙眸

送王祠部還金谿

理楫東門傳懸心北林霞詎謂新相知臨別多咨嗟
忠勤豈不竭顧慕情日遐百草揺春輝遊子賦白華
吳歌合楚吹華帳廻金沙紆遲雲水歡駁沓南北衙
羈中荒燕詞投報慙木瓜送子千里月各照天一涯

贈方客部

君不見炎洲鐵網收珊瑚紫光錯落傾名都又不見
梧桐鳳鳥多文章暫爲祥瑞鳴朝陽珊瑚之秀鸞鳳
姿人中如此眞希奇昨向長楊奪錦袍亦來南省司
風儀南曹本是神仙署端居暇日堪吟詩踏雪晴廻

碧鳳城聽鶯獨傍金沙陂金沙柳色烟明滅樂府春
歌動金闕臨池有客落玄霜舉國無人和白雪東吳
野人頭半白時吐榮光借前席摩挲岐路歎垂頭傾
酒花前慰落魄落魄吾無戀禄情愛君卓犖器夙成
青年努力分陰細早賛王猷佐
聖明

張仲先幕府夏讀二首

閒房藏甲帳官舍轉楸梧緑净竹侵硯紅虛葵映樞
南窓霞氣近北院履聲迂此地宜三伏開簾放燕雛
入院惟黃蝶携琴愛日長苔花落松粉庭翠裛書香
妙理忘言喜虛懷對客凉輕裾東署晚時得曳長廊

贈袁秋官永之

緘書日下至鴻爪雪中香雄劍三年別秋虹萬里長
杞汾傳賦草遊洛表文場老馬空知夜思分道路光

贈錦衣徐君叙八韻

戚里跡香遠元勲積慶深虛心常下榻愛士日鳴琴
趣得山房秀凉依夏木禽樽前無俗氣言外有徽音
夜桂芬侵夢秋薇艷借衾不知天籟妙却訝化機沉
靜室觀形矢長裾盍道簪書生情醉骨座上一狂吟

寄贈蔡子玉卿春試十六韻

邂逅初無爲交深似有緣草香官舍晚梅發雪消天
遥憶班荆地同爲入洛年宗盟雖許問華冑敢攀連
山寺頻登閣　都門兩看蓮已諳延壽易誰草子雲
玄踪跡叨陪久間闢伏羲堅晨壇分竹翠月䁥候溪

烟麗澤親芝之室微辭落塵筵冬無寒係累病藉力周
旋棄我非情薄成名自路先去斜桑柘影忽委菊花
錢六翮方南駕長風又北騫江空無使候日下有書
傳天府方沾席雲程早著鞭平生王佐畧親奏
御屏前

贈馬子進伯

騎省閒居日河汾講學年忽驚新曆換不見尺書傳
笠澤花重發楓橋月幾圓夜床曾借塵賦草久思玄
守道真無愧何妨榻屢穿

別張膳部

寒花曉猶開清江自明滅蕭瑟沙中柳愴惶與君別
阿閣覆窓巢鳳凰孤雲野鶴江海長朝霞發跡闥別

館臨華池金風動閶闔畫省堪題詩題詩不盡江月
白寄與婆娑烟綺客錦字常留彤管香思　君正在綠
蘿石春風二三月可是朝
天期明州海岸綠因採雲門芝余舟亦渡錢塘去海
上相逢話路岐

送潘汝亨

年年彈劍發　皇州春去秋來似鴈遊送客花枝空
冉冉伴人明月自悠悠龍江鐵笛酣猶訴楚峀猿聲
暮有愁想像碧山高趣久抱琹無處覔風流

新桂曲壽劉鴻臚

天河白露秋明滅群仙未返河邊轍淮南　桂子新吐
香入公又集君家堂團天葩弄月魄金粟絲絲墮瑤

席金匏奏玉籥鳴虬吟鳳舞來相迎緋袍灼兮懸金
魚廣寒寂寂香徐徐君昔遊兮殿之前樹擣藥兮爵
君裾六袞兮
三朝九寺兮六曹耿孤忠兮靈脩知予何心兮自伐
勞秋光裒裒花幡幡綵衣競秀羅蘭蓀千金壽兮萬
年酬敢須臾兮忘
主恩天香未休歌新歌已三闋小山自是君家物歲
歲年年賀佳節

懷胡可泉先生二首

領郡日無暇虛懷趣有餘學能通大道治豈在程書
遠思霞生管清風王振裾廉哉成化久不必事懸魚
判墨三江雪吟懷萬里秋恤刑歌庚女文教浹炎洲

拱　極心無已看山興復幽假令輕管蒯樗散得從
遊

憑虛閣贈高子世佐

君懷出太虛把酒復此閣孤雲動片石松花忽然落
六月暑氣消崖澗塵土薄絃歌迴林谷鳥喜予亦樂
竹綠談塵寒山空道風漠神交幾許年相逢在丘壑
予情付物輕顧子亦信廓無言但鳴磬磬罷月在幕

金陵送張仲安盧汝立歸括蒼二首

烏鵲南飛猿夜啼石頭城上素河低多情得似金門
月一路隨君渡越溪
君家正住白雲峰一幅秋光在鏡中我向天台訪瑤
草蒼山應與赤城通

秋日馬子洪過訪

世遠人猶到山深葉未飛飲宜霞藉石行許霧沾衣
夢裏京華久年來鬢影稀但同巖底卧莫笑紫芝肥

別燕泉何公

亢厲非違情鯁峭自天植吐哺非泛愛兼收股臣職
夙夜予豈遑區區蓋爲國風儀表遐邇瞻戴與翼翼
質庭承光景窺隙候顏色魯生未聞道使令備隅側
或宣金玉音或示科斗墨被色步營營領對心惻惻
荒愴無素姿歲月嗟旅食南山有故廬言旋服田穡
嶷嶷夔稷階後來難屢即藹藹周召懷援衿起太息

送王履約致高寧波

新花遮去騎鳴雨促官船候館鶯啼路春江草接天

芳名巳黄甲美業待青年到郡應傾倒知渠太守賢

寄大司寇見素林公

泰山不爲高檻泉不爲潔桓桓𥡴素臣逮耄不踰節丹衷格四聖社計炳朝列匪疾苦口良終沮姹變悅鼎席遑暇暖雲林屢結轍殊方仰鏡德群士傾風烈載陟循淵魚旋裾拂巖雪朝雜綺角遊夢侶輿早切恥作紅顔工莫咲白頭拙出入闗蒼生著述興後傑一別隔清光三見楚江𡸣擬接赤松遊遥尋白雲穴

呈大宗伯立翁沈公

宗卿望依久中外風素長玄扃伏淵度靜德涵鏡光丕張敬典則百司觀紀綱虔脩　郊廟儀肅致元后章攬士充辟雝簡樂俾太常調和信簡淡潔一

恒不遑忠勛格四聖臺省協賛揚敏思通幽微鴻範兼斎荒龍咼卷巳篤夷夔方偶將霄景流下列庭御生馨香

賦得彭蠡湖呈盧識方兼東屠秋官

秋水鎖潯陽南浮一何斥沮洳連八州吐吞貫七澤諸巒信遥分廬阜多黛色朝窺松門鏡夕甜屏風石盧君既豪邁屠子復俊逸跨霧出輕橈凌霞挂長席馮夷未息鼓龍女已吹笛韓終去不還石髓應可得瀑布能生八月寒石梁分明駕丹碧二妙乘虛真快哉飄飄俱作雲端客嗟予有興莫爾從西瞻徒歧山中烏

林屋集卷之十